DIALOGUE.

Que lis-tu, mon ami, couché fur ces feuillages ?
Que tu me parois trifte, égaré dans ces Bois.

Que ne puis-je jouir de leurs heureux ombrages,
Je ne reconnois pas votre air ni votre voix
Si j'ofe ainfi parler, que vois-je dans vos yeux ?

Goûte, mon cher ami, cette naiffante gloire ;
Si tu veux avec moi te fixer en ces lieux,
De milles traits favans j'ornerai ta mêmoire,
Tu couleras des jours purs & délicieux,
A l'abri déformais de tout trifte revers.

Daignez donc m'enfeigner l'art de polir des Vers.

Avec plaifir, mon fils, d'un goût ancien & rare
N'as-tu pas entendu parler du mont Ifmare,
De la lire d'Orphée & du haut Helicon ?

Qu'elle eft cette furprife, êtes-vous Apollon ?

Suis mes pas, bel enfant, je viens fecher tes larmes,
Que ces Bois, ce Soleil (de tous côtés quels charmes !)
Diffipent pour toujours nos pénibles foupirs,
Il faut en ces beaux lieux regler tes chers defirs ;
Eloigne toi, mon fils, d'un mortel qui t'abufe

As-tu donc oublié les champs de Syracufe ?
Vois dans la Béotie Hefiode enchanté,
N'eft-il rien de tes jours digne d'être vanté ?
Tu ne cherirois plus le berger de Mantoue ?

Gracieux fouvenir, la fortune me joue,
Doux efpoir ! oferois-je aujourd'hui m'y livrer ?

La fortune te rit & pourquoi différer ?
Mets à profit des jours que la Parque te file,
Tu ne peux vivre heureux qu'en cet aimable azyle
Ne prend-tu pas plaifir aux chants de ces oifeaux,
Vois dans ce beau Vallon ces paifibles ruiffeaux,
Entends-tu gazouiller les eaux de ces fontaines ?
Vois ces petits troupeaux s'animer dans ces plaines,
Vois milles fleurs éclore en ces rians vergers :
Ah ! fi tu veux chanter fur le ton des bergers
A tes nuits de langueur (vis donc, plus de trifteffe)
Vont fucceder ici des jours pleins d'allegreffe,
Tu verras ces beaux lieux éclairer tes amours.
Vois le Soleil dorer ces côteaux dans fon cours.
Vien, vien, celefte enfant, le Ciel fait nos délices,
Accepte ce bouquet de pavots, de narciffes
Qu'une blanche Naiade à déja fait pour toi,
Tu feras dans ces lieux regardé tel que moi ;
Nos équitables loix y feront revérées,
Tu verras tous les jours modeftement parées
Des bergeres t'offrir dans des paniers de fleurs
De généreux préfens, hommages de leurs cœurs,
Des chataignes, des noix, de l'agréable Acanthe,
Des pêches & d'un miel qu'un efprit pur enchante,
Et des pommes de coing couvertes de duvet.

Verrai-je auffi couler de doux ruiffeaux de lait ?

Quoi ! tu dédaignerois ces richeffes champêtres ?

Se promenant en paix à l'ombre de ces hêtres,
Avide des leçons des neuf célestes sœurs,
Le Ciel s'emble s'ouvrir.... Ineffables douceurs !
Ne sais-tu quel étoit le monde en son enfance ?
Apprend donc, mon cher fils, dans les tems d'innocence
Quels étoient les bergers & leur profession,
Ils avoient de l'honneur, de l'éducation :
Les Rois dans un Laurier voyoient leurs Diadêmes,
Ils aimoient les brebis, les menoient paître eux-
     mêmes,
On les reconnoissoit à de nombreux troupeaux.
Errans dans les guerets, çà, là, sur des côteaux,
Ils composoient des airs sur leurs douces Musettes;
Quels sons mélodieux ! deja tu les repetes,
Charmant aussi les bois, les rochers d'alentour,
Leur seule passion peut-être étoit l'amour.

―――――

Cette passion seule est sujette à des peines.

―――――

L'amour ne leur formoit que de bien douces chaînes,
Ce n'étoit point en eux un desir effréné
C'étoit un amour tendre & non passionné,
Les bergers chérissoient dans leurs amours sinceres
Les brebis, les vergers autant que leurs bergeres,
Une récolte heureuse augmentoit leurs plaisirs,
Et des troupeaux féconds remplissoient leurs desirs.
    Comme à la Cour dans ce bel âge
    Un doux & secret avantage
    C'étoit d'avoir de la beauté,
    Un beau berger vouloit être chéri, vanté,
Exceller dans le chant & dans la Poësie.
Fut un autre motif d'ardeur, de jalousie;
Les Bergers ont été le premiers Musiciens,
Les premiers Cassinis, les premiers Phisiciens;
Mais des prés, des forêts, les campagnes fleuries,
Les fontaines, les fruits, de cheres bergeries,

Objets si naturels, toujours peints à leurs yeux,
Faisoient leurs entretiens les plus délicieux :
Gracieux, bienfaisans, d'un commerce facile,
Ils étoient affranchis d'une gêne futile ;
Douce société, la source du bonheur,
Conforme à la nature, à l'aimable candeur !

———

Un air de liberté, de mes jours, c'est rudesse,
Un doux maintien sans or n'a pas de politesse ?
Vous faisant un accueil fin & capricieux,
Baud ferme la paupiere : impie, ouvre les yeux.

———

Laisse, laisse, mon fils, des perfides, des traîtres
Asservis sous les loix d'une foule de maîtres,
Quels maîtres plus facheux que tant de passions
Qui causent tant de maux, tant de dissentions ?

———

Vive mon Roi l'espoir avec Dieu de ma vie !
Conches, j'espere, un jour sera digne d'envie.

———

Abrutis dans leurs sens, moins aveugles que sourds,
N'aspirant qu'a repaître, ils paroissent des ours,
Quel est ce cœur gâté, ce subtil politique ;
Qui croiroit qu'à te nuire il s'ébat, il s'applique,
Cœurs impurs ! quels ingrats ! faux, artificieux,
Rassemblés pour s'aimer, ils se craignent entre eux.
Au bord de ce ruisseau, voyant cette onde pure
Que ton cœur se ranime, admirable nature !
Embrasse l'Univers s'il en est quelque bout...
Cette Voute des Cieux... le centre en est par-tout !
La nuit sur nos climats développant ses voiles
Regarde encor le Ciel, innombrables étoiles !
Et ses vastes déserts à la clarté du jour.
Quelle gloire, ô mon fils ! dans le sein de l'amour !
L'homme tombé, pensant au sort d'Adam & d'Eve...
Chute heureuse, vers Dieu quel doux transport l'enleve !

———

Les hommes feront-ils jamais défabufés !
Les bergers, ce me femble, étoient un peu rufés ?

—

Ils avoient de l'efprit, de la délicateffe,
Trop fimples dans leurs mœurs pour ufer de fineffe,
Ils s'aimoient conftamment fans rufe, fans détours,
Toujours la bonne foi gouvernoit leurs amours.
Arrivons, beau berger, près d'une chére grotte,
Entend, voi ce criftal ; faute & flotte & reflotte.
L'on eft affis à l'aife en ce lit de gazon,
Embouche cette flute, effaie une leçon.

—

Une flute d'un Dieu ! graces !... comment s'y prendre ?

—

C'eft fort bien commencer, mon fils, je vais t'apprendre.
Je t'en deftine une autre à fept brillans tuyaux
D'inégale grandeur, chantons fous ces ormeaux.

SONNET.

O trifteffe ! ô douleur ! que la vie eft trompeufe !
Où font ces prés charmans ? quels délicieux jours ?
Où font les jeux, les ris, quels feftins, quels amours ?
Suis-je votre jouet, efpérance flateufe ?

Je formois, tendre enfant, d'une ame ingénieufe
Des Palais enchantés, fuperbes alentours !
Le Soleil en ces lieux fembloit fixer fon cours ;
Je fentois, je ne fai, quelle flamme envieufe.

Quel eft donc ce lointain fi brillant à mes yeux ?
D'où venoit cet efpoir d'être un jour bienheureux ?
Il me revient encor.... Je puis l'être fans doute.

J'entrevois le bonheur ; pourfuivons en la route,
Conches me le montroit une enigme ici bas,
La vertu me l'exalte après un faint trépas !...

IDYLLE.

CHAMBLI pour moi n'eſt plus; où ſuis-je? quelles
   plaines,
Quels bois & quels côteaux, quelles vives fontaines
Veulent flatter encor mes eſprits languiſſans?
De Pertuis, mes deſirs & l'amitié ſincere
N'ont ſu changer cet ordre immuable, ſévere
D'un deſtin rigoureux qui ſe rit de mes ſens.

   Près de toi, bien venu de tes parens aimables,
Je paſſois de bon cœur des jours gais, agréables,
Qui triomphoient du goût des criminels plaiſirs.
Adieu, vis bienheureux, & préfere à champagne,
Ton noble pavillon aimé de ta compagne,
Avec elle, avec Dieu régle tous tes deſirs.

   Conches, chere patrie! hélas, où voir ma Mere?
Que mon exil eſt long! que la vie eſt amere!
Je vais enſevelir ma douleur dans les bois.
Déja j'écris des vers ſur l'écorce des hêtres.
Driades & Sylvains, velléités champêtres,
Je vais vivre avec vous, accédez à ma voix.

   Pourquoi me chagriner? tout rit dans la Nature,
Le Ciel eſt calme & pur, douce température.
Je marche ſur des fleurs dans ces lieux fortunés.
Chantilly, je te ſais bon gré de ces ombrages,
Je médite auſſi bien ſous ces naiſſans feuillages
Que dans la pourpre aſſis ſous des lambris dorés.

   De délicieuſes peintures,
   Des chefs-d'œuvres de ciſelures,
   Très-faſtueux ameublement!
   Des candelabres, des conſoles
   (Pardon, je ne dis pas, frivoles)
   Sont le ſpectacle du néant.

Que vois-je; c’eſt Bourbon; qu’ai-je dit? quelle tranſe!
Une ébene à la main, cette noble aſſurance!
Où va ce Prince ſeul au milieu des forêts? *
Tel on voit Apollon dépeint dans l’Enéide,
C’eſt l’ame du héros, c’eſt ſon feu qui le guide,
Le Ciel voit à mes yeux que mon cœur eſt françois.

Quel ſera ton éclat, Terre toujours nouvelle,
Qu’il eſt doux d’admirer la beauté naturelle
Que tu reçus du doigt du ſouverain Auteur !
Attentive aux beſoins de tout ce qui reſpire,
Je ne vois en ces lieux, en tout lointain empire,
Que miracles, bienfais qui raviſſent mon cœur.

Pourquoi donc m’attriſter? que ma verve s’éveille,
Muſes, au ris des Cieux, qui me tirez l’oreille...
Je vous entends; mes pas vous ſont ſubordonnés.
Adieu, beautés ſans ſoins, dont l’amitié mortelle
Ne veut pas concevoir une flamme ſi belle,
Vous dont les ſentimens au préſent ſont bornés.

L’on perdra ſes amis..... déteſtable penſée
Si contraire à mon cœur ! mon ame en eſt bleſſée.
Nous ſommes éternels, nous devons nous revoir.
Oui, ſi je ſuis ſauvé, s’ils le ſont, je l’eſpere.
Tranſportés du bonheur d’aimer Dieu notre Pere,
Je les retrouverai; c’eſt ici mon ſavoir.

Muſes, je ſuis à vous dans mon obéiſſance;
J’aimai, vous le ſavez, dès mon adoleſcence
A fréquenter les bois & les vallons fleuris.
Ardent je vous cherchai dans vos chaſtes retraites,
Chantant de nobles airs au gré de vos muſettes,
Dès-lors je me comptois un de vos favoris.

Aujourd’hui que le tems ſemble murir ma veine,
Après avoir erré dix ans de plaine en plaine,
Daignez en ces beaux jours couronner vos faveurs.

* J’appris que le Prince alloit voir ſon fils.

Que la campagne est belle! épris de ses images
Par des chemins choisis de ses rians bocages
J'irai plein d'un beau feu vous courtiser, mes sœurs!

Sur le haut Hélicon dans un divin sourire,
De sublimes accens puis-je enflammer ma lyre,
Paisiblement assis sur vos heureux gazons!
Frappés de vos accords, je vois dans leur engeance
Les chênes, les rochers s'animer en cadence.
Soleil, perce ces bois de tes plus purs rayons.

L'espoir charme les pleurs, grand Dieu! quel coup
         de foudre!
Je vois le Ciel s'ouvrir, les monstres sont en poudre,
Louis le Bien-aimé prend place au rang des Dieux.
Bois bruyans de Boulogne! allégresse! ô Versailles!
Vive le Roi le juste en ses chastes entrailles
Vive sa chaste Epouse au gré des plus beaux vœux!

Soufflez, ô doux Zéphirs, que votre pure haleine
M'inspire le bonheur, emporte au loin ma peine,
J'aime les jeux, les ris, dansez, jeunes amours.
         Le charmant badinage,
         Lorsque je m'envisage,
         Est encor de mes jours.

Paisible Liencourt, si chez toi l'opulence,
Promenant mes regards, cette magnificence,
D'un célebre voisin n'égale la splendeur;
Sous l'œil d'un Dieu jaloux, le même astre colore
Tes bosquets odorans, vantés, aimés de Flore,
Ton Parc est à mes yeux un séjour enchanteur.

         » En cet aimable asyle
         » Goûtant un sort tranquille,
         » Par quel hasard flatteur
         » Dans ces routes perdues,
         » Séduisantes issues....
         Fol Amour, Dieu trompeur!

ÉGLOGUE.

Nymphes du Mincio, fecondez mes defirs
Puifque ce cher ombrage erre au gré des zéphirs,
Je vais dire les vers, fi je les fais encore,
De deux jeunes bergers Delcis & Melpomore
Qui par leurs doux accords enleverent mon cœur.
Je t'adreffe ces chants, grand Roi, mon protecteur,
Soit qu'au-delà des mers, fuivi de la victoire
Tu veuilles rétablir l'équité dans fa gloire,
Soit que tu veuilles voir Conches & mes amis,
Puiffe ce lierre blanc vivre au pied de tes lys !
La chaleur bienfaifante animoit nos campagnes,
Le vigneron actif cultivoit les montagnes,
Le filence regnoit dans les prés, les marais,
Et de foibles troupeaux cherchoient l'ombre & le frais,
Lorfque les deux bergers mettant bas leurs houlettes,
Chanterent tour à tour jouant de leurs mufettes.
Le cœur plein de mon Roi, fous un pâle olivier
Le célefte delcis effaya le premier.

Aftre éclatant du jour qui féconde ces plaines,
O vents officieux dont les pures haleines
Nous difpenfent les eaux qu'il enleve des mers,
Je dirai vos bienfais pour l'honneur des mes vers.

M E L P O M O R E.

Vertus des Cieux, fur nous ce n'eft plus l'onde amere,
Au doigt de Dieu verfez une onde douce, chere,
Une tendre rofée engraiffe mes troupeaux,
Fait groffir nos raifins fur ces rians côteaux.

D E L C I S.

Fuyez ces Ifs de Corfe, ô mes chaftes abeilles !

Visitez en passant le thym près de ces treilles,
Bergeres, savez-vous leur agréable amour?
Mes brebis, respectez le safran d'alentour.

MELPOMORE.

Périssez, gros bourdons, gente si paresseuse,
Vivez & florissez, vous troupe travailleuse,
Honorez votre Reine : à vos tendres souhaits
Elle va vous donner mille petits français.

DELCIS.

J'ai déja fait des vers singuliers pour leur rime,
J'ai chanté mon ami sur un ton magnanime;
Mon cœur veut l'élever dans le plus beau des Cieux.
Muses, inspirez-moi le don de plaire aux Dieux.

MELPOMORE.

J'ai fait un beau berceau pour ma chaste Bergere,
Toujours ingénieuse aussi pour me complaire,
L'ame en paix nous goûtons d'excellentes douceurs,
Ma main va l'embellir de mes plus belles fleurs.

DELCIS.

Je voudrois que Philis dans ses jeux fut plus belle,
La voix de mon ami près de lui me rappelle.
Brave j'ai combattu pour lui garder mon cœur,
Que puis-je comparer à sa céleste odeur !

MELPOMORE

Alquemene me plait; sans art elle m'enchante;
Je l'aime tendrement d'une flamme vivante,
De cent bergers je suis à ses yeux le plus beau;
Alquemene est l'honneur, l'ornement de hameau.

DELCIS.

Tu m'affliges, ingrat ! & ton chien est un traître,
Parce que j'ai mené dix ans tes troupeaux paître;
Les ormes qui chez toi bravent les aquilons,
Ont été pris petits dans ces humbles vallons.

MELPOMORE.

Daubon eſt un méchant, l'inconſtant me dédaigne,
De ſa douceur ici non pas que je me plaigne,
Je vais luï confier ce que j'ai de plus beau,
Il me fera préſent du plus joli chevreau !...

DELCIS.

Malgré tout mon travaïl, que mon champ eſt ſtérile !
Autant l'abandonner, vivre de lait, tranquille.
Qui cauſe ce déchet, de ſauvages oiſeaux ?..
Eſt-ce l'ombre d'un bois ?.. Je tuerai les pourceaux.

MELPOMORE.

Que mes pampres ſont verds, & cette riche taille,..
Je crois voir une armée en ordre de bataille ;
Si ton troupeau, Bajud, oſe encor les ſouiller,
J'embrocherai le bouc d'un tronc de coudrier.

DELCIS.

J'ai fait un beau diſcours à Philis ma bergere :
Elle m'a repeté, ſa langue menſongere,
Tu me fuis, cher Delcis, tu m'éloignes de toi,
Adieu donc, beau berger, Berte eſt plus beau que toi.

MELPOMORE.

Alquemene m'a dit ; mon très-cher Melpomore,
Admire nos vergers, ils ſont dignes de Flore ;
Mais ſi tu t'abſentois trop long-tems de ces lieux,
Ces vergers n'auroient rien d'agréable à mes yeux.

DELCIS.

L'or ſe nourit & croît deſſous l'humble bruiere.
L'orgueilleux aime bien les beaux fruits de ma mere ;
Une Beauté, dit-il, à ſon honteux départ
A d'autres ornemens ; marguerites à part *.

MELPOMORE.

Il eſt de faux Paſteurs & de prudes Megeres,
Qu'ils reſpectent du moins d'innocentes bergeres ;

____
* Petites fleurs blanches.

Leur simple vêtement nous est en bonne odeur,
Les rides sur leur front ont de la resplendeur.

DELCIS.

Tendres Meres, goûtez un doux lait de vieillesse,
Vos agneaux si chéris ont grandi, gentillesse !
L'herbe est foulée aux pieds ; c'est dans l'ordre des
      Dieux ;
Mais gloire à qui devient Cedre voluptueux !

MELPOMORE.

Par-là, quel oiseau crie ? un Emouchet l'emporte,
Hélas ! petit oiseau, ta raison n'est pas forte,
L'herbe fane, l'Eté ; l'Arbre est feuillu, verd verd,
Méchant, vois tes beaux jours ; juste, vois ton hiver.

DELCIS.

Cieux vivans, éternels, dont le regard embrasse
Ce qui se fait au temple, à la ville, à la chasse,
Faites reluire encor mon astre si flatteur,
Faites rougir le front d'un vil usurpateur.

MELPOMORE.

Onze ans sont écoulés ; qu'importe du prestige,
Il retentit du creux de cette vieille tige,
Lâche, monstre d'orgueil, où sont tes Neustriens ?
Qu'ils soient heureux, sinon, rend mes troupeaux, mes
      biens.

DELCIS.

O mon cher Bienfaiteur ! l'eau coule, le tems passe ;
Si je ne puis chanter tes vertus & ta grace,
Je remettrai ma flute au trompeur Apollon,
Je finirai mes jours dans un triste vallon.

MELPOMORE.

Je chante sur ma lyre au gré de mon Ismene,
Je ris & quelquefois souriez, Melpomene.
Tendres chênes, poussez ; si vos jours sont nombreux,
Vous donnerez de l'ombre à nos petits neveux.

DELCIS.

Mélodieux oiseaux perchés sous ces feuillages,
Animez nos concerts par vos charmans ramages.
Ruisseau bordé de fleurs que ton aspect est doux,
Roule, roule tes eaux sur ce lit de cailloux.

MELPOMORE.

Indociles enfans, sur des escarpolettes
Hardis, fendez les airs, & vous, dansez, follettes.
Toi, douce Tourterelle, il est tems de s'unir,
Un heureux Tourtereau dans ces lieux va venir.

DELCIS.

Puisque parmi les lys brille la vertu sainte,
J'y verrai quelque jour croître l'humble Jacinthe;
Alors on aimera ma flute & mon hautbois.
Je défierai Rifan de répondre à ma voix.

MELPOMORE.

Si près de mon troupeau j'apperçois ma bergere,
Ma voix va s'élever plus vive, plus légere,
Tel est un beau berger qui fait fleurir ses chants.
Je méprise un Alcandre & ses fades accens.

DELCIS.

Quel regard vous fascine? ah! mes brebis maigrissent.
De ces plans que j'aimois tous les rameaux flétrissent;
Mon bonheur luit & fond aussi prompt qu'un éclair,
Quelque groupe infecté de Sylphes roule en l'air.

MELPOMORE.

Mon troupeau jusqu'ici fait bonne contenance :
Mes chevres m'ont donné du lait en abondance,
Elles broutent gaiement, & durant les hivers
Mes greniers toujours pleins, leur sont toujours ouverts.

DELCIS.

Le Ciel donne ses soins au ciron qu'il fit naître.
Le loup suit les troupeaux, je suis le Roi mon maître,

Que tes yeux, ô Pujod ! connoiſſent mal les bons.
Dieu ! comblez cet ingrat de bénédictions.

MELPOMORE.

Sur le gazon formez, bergeres, vos toilettes ;
Ne chériſſant encor que mes chiens, mes houlettes,
J'examine Alquemene, ô deſtin gracieux,
Alquemene me rit ; je vois ouvrir les Cieux.

DELCIS.

Le Soleil diſparoît, le vent de Sud murmure,
Quelle opération dans toute la Nature,
Hier il partit du Nord des éclairs violens,
Que de laine flotante en l'air au gré des vents !

MELPOMENE.

Aquilons, retenez votre haleine divine,
Ne faites pas rougir la belle & ſage Eline.
Sauvons-nous, chers ramiers, je crains plus l'éguillon
D'une guepe en courroux que l'inondation.

DELCIS.

Allez, triſtes brebis, votre berger vous aime,
Il prendra ſoin de vous autant que de lui-même ;
Là, le ſaule pliant vous offrira ſes fleurs,
Et le trefle & le gui réveilleront nos cœurs.

MELPOMORE.

Allez, heureux troupeau, traverſez cette plaine,
Goûtez ſous ce vieux roc l'eau de cette fontaine ;
C'eſt aſſez, mes brebis ; vous, mes chevres, buvez,
Partez tous au bercail, vous êtes abreuvez.

DELCIS.

Dis-moi pourquoi la mer terrible, impétueuſe,
Qui menaçant le Ciel de ſon onde écumeuſe,
S'élançant ſur ſes bords ſoudain à leur aſpect
S'arrête, & ſur ſes pas ſe courbe avec reſpect.

MELPOMORE.

Dis-moi par quel hasard, ou par quelle justice,
Le berger africain est brulé du Solstice,
Pendant que le Lapon, sujet à d'autres maux,
Coupe, hache le vin gelé dans les tonneaux.

J'ai repeté les chants de ces jeunes bergers,
Heureux qui sait chanter l'honneur & les vergers.
Melpomore au retour en disputa la gloire,
Le généreux Delcis lui céda la victoire.

ODE.

Qu'après un long hiver le printems a de charmes!
Doux rayons du Soleil, bannissez mes alarmes.
A mille vives fleurs la terre ouvre son sein,
De Myrte vertueux, de suave Jasmin,
Voici le tems, Beautés, de décorer vos têtes;
C'est aussi la saison qu'en de riantes fêtes,
Sur les bords d'un étang, sous quelque ombrage frais,
Je vois lancer le Cerf la gloire des forêts.
Les brouillards ont cessé de blanchir les prairies,
Les troupeaux bondissans sortent des bergeries,
Se promettant déja de remplir ses greniers,
L'avide laboureur quitte aussi ses foyers.
Grand Oncle, votre vie encor voluptueuse,
La mort cette figure à vos regards hydeuse,
L'inévitable mort saura vous menager,
Elle entreroit chez vous comme chez un berger?
Vous l'entendrez bientôt heurtant à votre porte,
Elle ouvre tout : *Suis-moi sans retard, ame forte.*

SONNET.

Qu'ai-je vu dans les airs (quelle brillante
    aurore !)
Suivi de chérubins dans sa divinité
Marcher vers l'Eternel ? ô Dieu reſſuſcité !
Reçois les doux tranſports d'une ame qui t'adore.

   Mon cher Bienfaiteur vit : *Conches :* liſons encore,
Lettre bien conſolante ! ô Dieu plein de bonté !
Prolonge ſes beaux jours & ma félicité !
Je vais l'écrire au Roi, car je ſais qu'il l'honore.

   Quelle eſt cette Beauté que mes eſprits ravis
Ont vu quitter ce monde à ton divin ſouris,
Seigneur, découvre-moi cette perle ſi belle.

   Lorſque mon Bienfaiteur, je le dis ſans mentir,
Tout Dieu qu'il eſt, ira dans la gloire éternelle,
O Mort ! viens me chercher, je brule de partir !

Imprimé en 1780.